威利在哪裡？這本書屬於：
嘿！威利迷們，這五個勇敢的旅行家出現在每一幅場景裡。你能找到他們嗎？
奧德
白鬍子巫師
溫達
汪汪
威利
在每一幅場景裡，這些旅行家還掉了一些重要的東西，你也能找出它們嗎？
威利的鑰匙
汪汪的骨頭
溫達的照相機
白鬍子巫師的神祕卷軸
奧德的望遠鏡

U0058743

WHERE'S WALLY ? THE WONDER BOOK

Copyright © 1987 – 2016 Martin Handford
Traditional Chinese copyright © 2016 by CommonWealth Education Media and Publishing Co., Ltd.
Published by arrangement with Walker Books Ltd, 87 Vauxhall Walk, London SE11 5HJ Through Bardon-Chinese Media Agency. All rights reserved.
No part of this book may be reproduced, transmitted, broadcast or stored in an information retrieval system in any form or by any means, graphic, electronic or mechanical, including photocopying, taping and recording, without prior written permission from the publisher.

威利在哪裡？驚奇魔法書

文・圖｜馬丁・韓福特 Martin Handford
譯｜劉嘉路
責任編輯｜蔡珮瑤　美術設計｜蕭雅慧
行銷企劃｜魏君蓉、高嘉吟

天下雜誌創辦人｜殷允芃　董事長兼執行長｜何琦瑜
媒體暨產品事業群
總經理｜游玉雪　副總經理｜林彥傑　總編輯｜林欣靜
副總監｜蔡忠琦　版權主任｜何晨瑋、黃微真

出版者｜親子天下股份有限公司
地址｜台北市 104 建國北路一段 96 號 4 樓
電話｜(02) 2509-2800
傳真｜(02) 2509-2462
親子天下網址｜ www.parenting.com.tw
讀者服務專線｜(02) 2662-0332
傳真｜(02) 2662-6048
客服信箱｜ parenting@cw.com.tw
週一～週五：09:00~17:30

法律顧問｜台英國際商務法律事務所・羅明通律師
總經銷｜大和圖書有限公司
電話｜(02) 8990-2588
出版日期｜ 2014 年 10 月第一版第一次印行
2024 年 7 月第二版第十次印行

定價｜350 元　書號｜BKKTA034P
ISBN｜978-986-93179-3-1（平裝）

訂購服務
親子天下 Shopping｜shopping.parenting.com.tw
海外・大量訂購｜ parenting@cw.com.tw
書香花園｜台北市建國北路二段 6 巷 11 號
電話｜(02) 2506-1635
劃撥帳號｜ 50331356 親子天下股份有限公司

WHERE'S WALLY?
威利在哪裡?
驚奇
魔法書
馬丁·韓福特 Martin Handford 著 劉嘉路 譯

從前從前有一本書

嘿，各位威利迷們，看看這些精采的書！書裡的人物角色全都從書頁裡跑出來了！哇，這場面就像是做夢一樣呢！書裡的場景全變成真的，太棒了！右頁上方的那本書是我旅行中經歷的故事。汪汪、溫達、白鬍子巫師和奧德也都有屬於他們自己故事的書。現在，如果你們能找到我們，就可以和我們一起進入這些精采的書裡旅行！我最喜歡某本書的一幕場景，你絕對猜不出來為什麼那一幕會如此特別。我已經把書籤夾入那個場景，等我們旅行到那個場景時，你就會發現了。威利迷們，現在就開始來找我們吧。後面還有更多的驚喜等著你們去發現！

威利

搜尋任務即刻開始！請在每一本書裡面找到這五個旅行家！

- 找出威利，他喜歡四處旅行。
- 找出小狗汪汪，牠喜歡搖尾巴。
  （你也只能看見牠的尾巴！）
- 找出溫達，她喜歡照相。
- 找出白鬍子巫師，他很會唸咒語呢！
- 找出奧德，我們必須說他的優點實在非常……少。
- 哇！你們真厲害！接下來還要找出一個在每個場景都會出現的角色（除了最後場景以外）。

等等，任務還沒完成呢！
接下來，要幫這些旅行家找出他們遺失的重要物品！

- 威利的鑰匙
- 汪汪的骨頭
- 溫達的照相機
- 白鬍子巫師的神祕卷軸
- 奧德的望遠鏡

故事集
威利
去旅行
汪汪的
動物故事集
溫達的
藝術
指南
世界的歷史
神話與傳說
故事

鬧翻天的水果大戰

嘩，你們看過哪個地方有這麼多水果嗎？這數量真是驚人！想像一下，搭乘檸檬船飄流在橘子汁河，是多甜蜜的事啊！不過，威利迷們，小心囉！蘋果的脾氣變得很暴躁，開始攻擊其他水果了。咻——開戰了！河當中有果醬流動，香蕉橋上則有水果在扭打。草莓全身上下都灑滿了糖。呼，這還真是一場鬧翻天的水果大戰！

1997
1998

超級
遊戲大賽

四組人數眾多的隊伍來參加史上規模最大的遊戲大賽。裁判們專心的盯著比賽會場，看看有沒有任何人犯規。在起點和終點線之間，布滿了許多迷宮、拼圖、陷阱和數學測驗的遊戲關卡。眼看綠隊幾乎就要贏得比賽了，而橘隊根本就還沒出發呢！

你找得到唯一到達終點的橘隊選手，以及唯一還在起點的綠隊選手嗎？

WALDO
CHARLY
WALTER
WALLIE
HUGO
WILLY
WOLGER
VALLY
WILLU
BOOM

玩具總動員！

哇，小小玩具偶全部跑出玩具盒，在遊戲室裡盡情探險！有些書太厚重了，沒辦法翻開來讀，不過，那本綠色的書很適合當成足球場，長長的書籤剛好變成溜滑梯！你可以找出坐在紙飛機上飛翔的泰迪熊嗎？還有追著山頂洞人跑的恐龍？這裡發生的事也太瘋狂、太歡樂了吧！說不定，當夜深人靜，沒有人在看著這些玩具的時候，玩具們就會像現在這樣玩得非常開心呢！你們會不會也這樣覺得呢？

Jack

夜晚的光線戰爭

看啊！一道道的光線好明亮，五光十色的裝飾簡直讓人看呆了！看看這些燈塔把夜空都照亮了。糟糕，怪獸們想要撲滅燈光！牠們從四面八方發動攻擊，水手們把粉紅色的黏液噴出去，怪獸們卻立刻噴出綠色黏液反擊！黏巴巴的黏液噴來噴去！等一等，有三個怪獸噴出了不同顏色的黏液耶！威利迷們，你們能找出來嗎？

3 4 5 6 7 8 9
MONDAY

忙碌的蛋糕工廠

威利迷們可以大飽口福了！聞聞看，那些烘焙中的蛋糕發出了香味！看到蛋糕上的美麗裝飾，口水是不是快流出來了？你們可以找出形狀像茶壺的蛋糕、像房屋的蛋糕、還有一個高得不得了的蛋糕，爬上蛋糕的人都可以直接舔著吃！左看右看全是蛋糕，棒極了，只能說真、是、太、好、吃、了！看哪！從屋頂滴下了糖霜和閃亮亮的櫻桃！那裡就是工廠主管們工作的地方，不過，他們是不是已經失去控制了啊？

樂隊大對抗

碰，碰，咚咚咚咚碰碰！你聽過這麼快速的打鼓聲嗎？或者是聽過讓耳朵快裂開的響亮喇叭聲？叭叭叭叭嘟嘟！由樂隊隊員組成的龐大隊伍，在音樂城堡聚集。站在表演台上的樂手不斷被推擠！有些人還爬上了音符組成的階梯！真是熱鬧。不過，有件事很奇怪，他們全都打扮成動物的模樣。看見大象、棕熊、鱷魚和鴨子了嗎？他們也變得狂野而古怪，就跟他們瘋狂的音樂一樣呢！

前進恐怖的奧德沼澤

勇敢的「帽子軍隊」正要經過這個讓人害怕得發抖的沼澤，數百個奧德和黃黑色交雜的沼澤生物正在沼澤底下製造一大堆的麻煩！真正的奧德站在離他遺失的望遠鏡最近的地方。有X光電眼的威利迷們，你們能發現他嗎？你們能找出「帽子軍隊」總共有幾種不同的帽子嗎？噗唧！噗唧！他們的腳必須踏進黑黏黏的泥巴裡，我真高興自己現在沒在那裡！

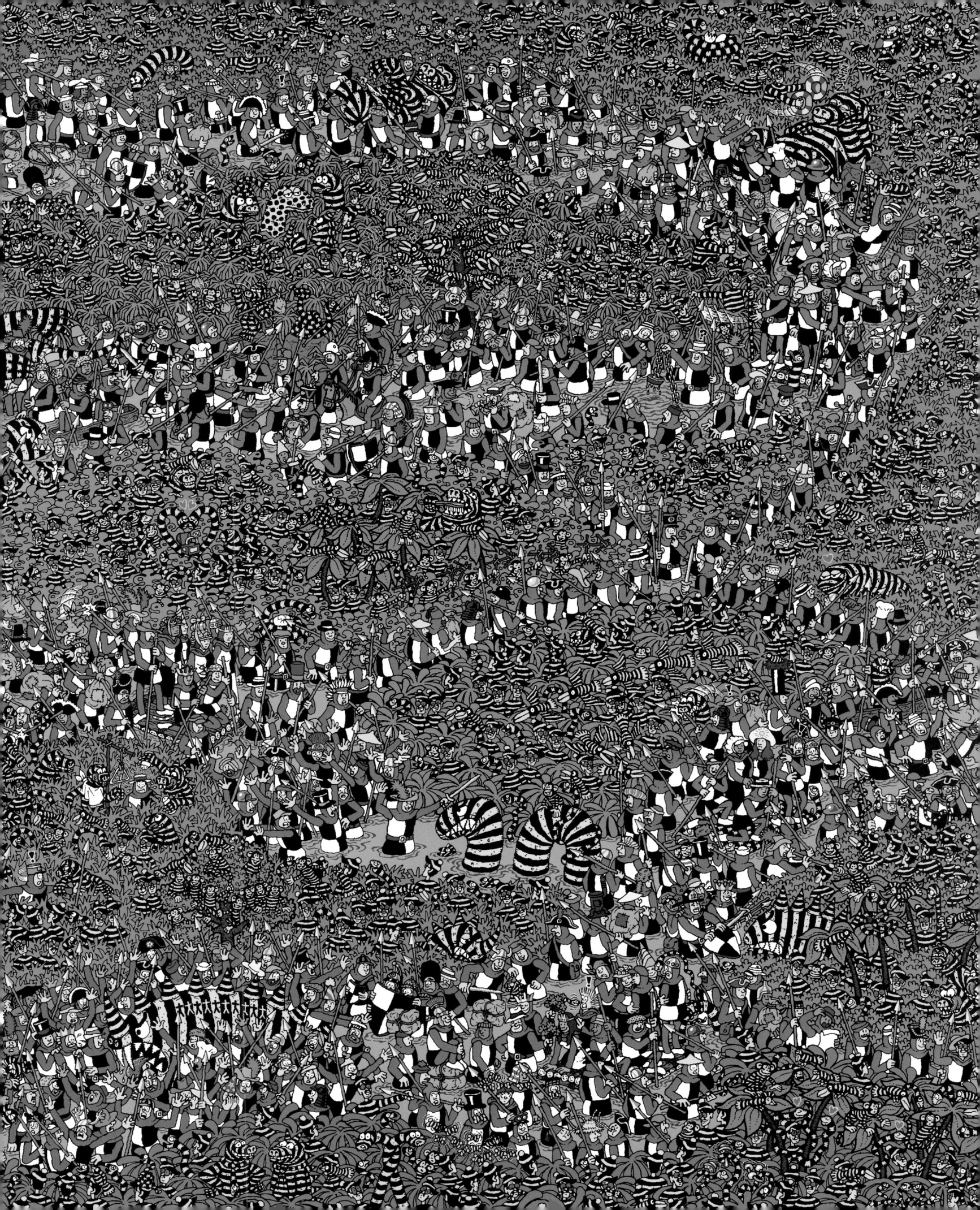

小丑歡樂城

威利小丑們，伸出你們的雙腳，踏踏踏！拍擊你們的雙手，啪啪啪！你們就要進入歡樂的繽紛世界！這裡有上百個小丑在惡作劇、表演各種整人花招。看看這些色彩鮮豔的小丑服，戴著絨球高帽子，還有紅通通的閃亮大鼻子！嘟嘟！一輛吐著舌頭的汽車開過來了！叮鈴！有輛腳踏車的輪子竟然是正方形的！哈哈哈，住在小丑歡樂城真開心！嘩啦啦！噗滋！我只希望躲開會噴水的怪怪花和突然飛過來的甜酥派！

七彩繽紛的美麗花園

哇，這花園多麼繽紛、多采多姿啊！所有的花盛開著，上百個園丁忙碌的澆水、照顧它們。園丁們身上穿的花瓣服裝看起來就跟真花一樣呢！花園裡也有種植蔬菜唷，你們能找出幾種不同的蔬菜？威利迷們，往空中聞一聞，聞聞那奇妙的香氣！讓你們的眼睛和鼻子好好享受這超級棒的自然美景！

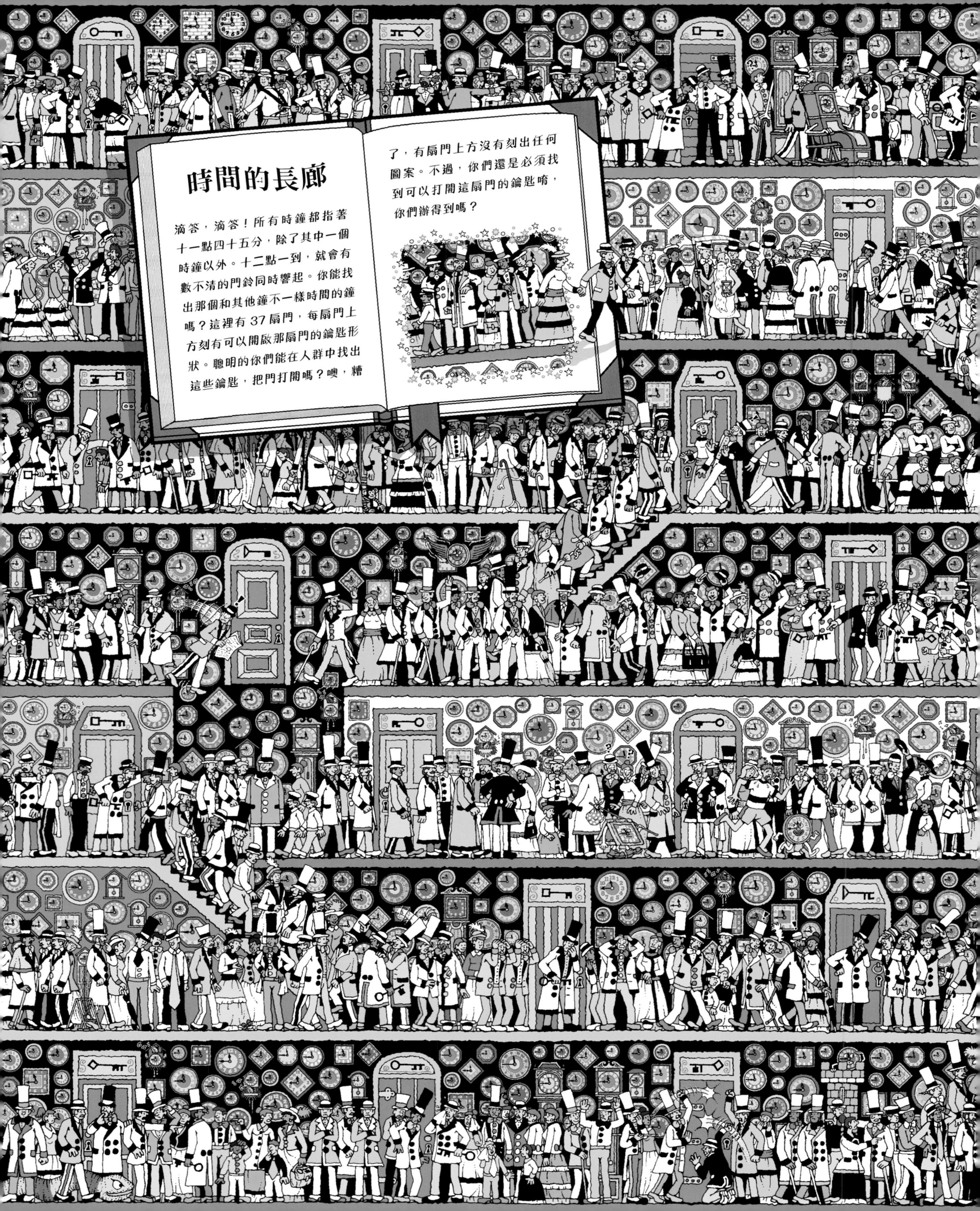

時間的長廊

滴答，滴答！所有時鐘都指著十一點四十五分，除了其中一個時鐘以外。十二點一到，就會有數不清的門鈴同時響起。你能找出那個和其他鐘不一樣時間的鐘嗎？這裡有 37 扇門，每扇門上方刻有可以開啟那扇門的鑰匙形狀。聰明的你們能在人群中找出這些鑰匙，把門打開嗎？噢，糟了，有扇門上方沒有刻出任何圖案。不過，你們還是必須找到可以打開這扇門的鑰匙唷，你們辦得到嗎？

BEN
12

汪汪的
狗狗世界

嘿，這裡的狗全都打扮得跟汪汪一樣呢。汪汪汪！在這裡，狗狗才是主人唷！這裡有豪華的狗狗旅館，附有骨頭形狀的游泳池。在汪汪運動場裡，有一堆汪汪追著裝扮成貓、香腸和郵差的服務生！威利迷們，書籤就在這一頁！你們現在知道了，這就是我最喜歡的場景。在這裡可以看見汪汪的全身，而不光只是一條尾巴而已。但你們能找出真正的汪汪嗎？牠是唯一尾巴上有五道條紋的汪汪。這裡還有另一個挑戰，從每一個場景開始，都有其他旅人加入我們，總共有 11 個！你們能找出他們嗎？你們知道他們各自是從哪個場景加入的？最後，你們還能在他們出現後的每個場景找出他們嗎？加油囉，威利迷們，祝你們玩得開心！

WHERE'S WALLY?

威利在哪裡？

驚奇魔法書

尋找任務

還有很多東西等著眼尖的威利迷們找出來！

從前從前有一本書

- 特洛伊的海倫和頭頂著巴黎鐵塔的帕里斯王子
- 捧著《叢林之書》的吉卜林
- 法蘭西斯爵士和他的公鴨
- 瘋子比爾在打嗝
- 在購物的人頭馬怪
- 韓德爾的水流音樂
- 在清洗一公噸法碼的喬治華盛頓
- 拿著梳子的長髮公主
- 拿著兩根叉子的蓋伊
- 拿著螺帽、糖果和鞭炮的柴可夫斯基
- 戴著圓形頭套的圓顱黨人
- 畢德哥拉斯和頭上頂著方框的河馬
- 在抖動長矛的莎士比亞
- 佩戴兩把劍的杜莎夫人和一尊蠟像
- 分送餅乾的蓋瑞鮑迪
- 南丁格爾和鳥籠裡的夜鶯
- 清教徒父親和他們的嬰兒
- 戴著廚師帽正在攪麵團的庫克船長
- 右手煎著哈姆蛋，左手拿著骷顱頭的哈姆雷特
- 拿著重型卡車的傑森
- 吹口哨的惠斯勒在畫母親的肖像
- 愛心皇后請人吃愛心餅乾
- 手上拿著要寄到蓋茲堡信件的林肯總統
- 穿著長靴的貓
- 兩名用玫瑰打鬥的騎士
- 拿著威靈頓靴子的威靈頓公爵

鬧翻天的水果大戰

- 兩盒標示年分的帽盒
- 一雙寫著年分的手掌
- 「一天一蘋果，醫生遠離我。」
- 6隻頂著蘋果的螃蟹
- 帆船上的4個柳橙海軍
- 戴著藍色貝雷帽的藍莓
- 背著綠色奇異果的奇異鳥
- 正在劈腿的香蕉
- 長在松樹上的蘋果
- 3個水果小丑
- 坐在鐵籠裡漂浮的水果
- 拿著鏟子的小紅莓
- 1顆柳丁出手打翻推車上的蘋果
- 長著香蕉的樹
- 在煮東西的青蘋果廚師
- 正在倒酒的小紅梅長老
- 7顆氣到冒煙的櫻桃
- 3隻背著莓果的鵝
- 裝了一堆蘋果的紙盒
- 站在梨子樹上的山鶉
- 尾巴長了水果的公雞
- 被切成兩半的桃子
- 外號叫做「大蘋果」的紐約市
- 1個沒有鬍子的墨脾氣青蘋果
- 2隻想偷水果的爪子
- 一群水果在刀難裝滿蘋果的推車

前進恐怖的奧德沼澤

- 2個裝扮成奧德的士兵
- 戴著圓頂黑帽的士兵
- 戴著禮袋的士兵
- 會伸出手來駕馬的馬衝頭盔
- 戴著吸管草帽的士兵
- 戴著復活節彩蛋裝飾帽的淑女
- 幾個戴著黃色尖頂帽的士兵
- 戴著復活節彩蛋裝頭盔的士兵
- 2個戴著橄欖球帽的士兵
- 2個戴著棒球帽的士兵
- 1個大盾牌在1個小盾牌旁邊
- 戴著太陽圖案帽子的女生
- 帽子上插了兩根羽毛的士兵
- 一群搖著響鈴的蛇
- 5條在談戀愛的蛇
- 7個木筏
- 3艘小木船
- 4個鳥巢
- 偽裝成士兵的奧德
- 身上沒有條紋的沼澤生物
- 正在刷牙的怪獸
- 即將被吵醒的怪獸
- 坐在包裹上面漂浮的士兵
- 腦袋很迷你的巨大怪獸
- 隨著魔音起舞的蛇
- 5根隨著魔音扭動的長矛
- 正在讀書的蛇

小丑歡樂城

- 在看報紙的小丑
- 星星圖案的雨傘
- 拿著藍色茶壺的小丑
- 2條在漏水的水管
- 雙臂上各套著兩條圈環的小丑
- 拿著望遠鏡看東西的小丑
- 2個拿著大槌子的小丑
- 提著一袋派對小禮物的小丑
- 2個抱著花盆的小丑
- 拿著枕頭揮舞的小丑
- 拿著梳子梳理屋頂的小丑
- 被許多氣球包圍的小丑
- 同時對著小丑噴水的6朵花
- 戴著「彈跳小丑」帽子的小丑
- 3輛車
- 3個澆花器
- 拿著釣魚竿的小丑
- 連接兩個小丑的1頂帽子
- 準備用彈弓射出甜酥派的小丑
- 一群穿著花朵圖案小丑服的小丑
- 3個提著水桶的小丑
- 玩溜溜球的小丑
- 一腳踩進甜酥派的小丑
- 17朵雲
- 腳被撞壞的小丑
- 綠色鼻子的小丑

七彩繽紛的美麗花園

- 插著德州國旗的黃玫瑰花盆
- 花盆和花床
- 飛行中的奶油和抹刀
- 種植燈泡種子的園丁們
- 花園托兒所
- 在浴缸裡洗澡的鳥兒、在餐桌上吃東西的鳥兒
- 長出房子花的盆栽、穿透牆壁的花朵和藍鈴鐘花圃
- 時髦的獅子、藏在花叢裡的老虎、咬著手套的狐狸
- 貼OK繃的菜、長出信封葉子的植物、咬著花的牧羊犬
- 刺蝟和草叢裡的豬
- 花朵柵欄和花朵舞台劇
- 站在水牛上的青蛙
- 爬在地球儀上的蚯蚓
- 裝滿車輪的單輪推車
- 一群打板球的蟋蟀
- 稻草人和幾隻驚訝的小鳥
- 坐在蜂巢旁的蜂后
- 風景畫園丁
- 印有太陽圖案的電話在一個日晷旁邊
- 甲蟲樂團在表演
- 1間溫室和1棟樹屋
- 彈跳的洋蔥和噴水的蔥
- 2隻推開門的老鼠
- 由蘋果長成的樹
- 哭泣的柳樹和攀爬的玫瑰
- 池塘裡的撞球檯

時間的長廊

- 時鐘伸出手攻擊數字12
- 長出人臉圖案的時鐘
- 幾個有布穀鳥跳出來唱歌的鐘
- 1顆捧著沙漏的雞蛋
- 1座時鐘塔
- 很吵的鬧鐘
- 扛著包裹旅行的鐘
- 跟人賽跑的時鐘
- 捧著羅馬數字的羅馬人
- 飛行的鐘
- 裝滿分秒的玻璃沙漏
- 快要摔下樓的人
- 帶著大鐮刀走路的時間老人
- 坐在搖椅上的老爺爺時鐘
- 會走路的柺杖
- 36對長得幾乎一模一樣的雙胞胎
- 一對真正一模一樣的雙胞胎
- 褲子吊帶被雨傘勾住的人
- 在讀鞦韆的鐘擺
- 2個外套下襬綁在一起的人
- 1扇橫躺的門和13個橫躺的時鐘
- 1頂非常高的大禮帽
- 1座日晷
- 2把互勾的雨傘
- 從布穀鳥身上跳出來的時鐘
- 2根纏在一起的柺杖

超級遊戲大賽

一些階梯形狀的手提箱
從迷宮裡長出的玉米
1個在生氣的英文單字
飛行的階梯
1張正在讀書的地圖
用擀麵棍滾壓骰子的選手
1條長出腳走路的繩索
帶著地圖和圓規的選手
擺出「6」的選手
沒有戴手套的選手
1只遺失的手套
另1只遺失的手套
1片被拿走的拼圖片
數學很糟的數學家
8把鑰子
29個圈圈
2罐油漆
1名士兵衣服上的問號上下顛倒
拿著綠色積木的藍隊選手
拿著磁鐵的選手
5名手臂交叉抱在胸前的裁判
5名拿著手帕擦淚的選手
2名讀報紙的選手
冒煙的訊號烽火
3名怕癢的選手
8個瓶中信

玩具總動員

2個在旋轉的陀螺和1個在紡紗的陀螺
站在盒子裡的玩偶傑克（JACK）
放在盒子裡的撲克牌J
被塗油漆的玩具兵
穿長裙的玩具兵
手拿玩具電鑽的玩具警察
開著坦克車的魚
4個嬰兒奶瓶
2個船錨
站在滑雪橇上的玩具偶
1塊黑色的板子
推著獨輪手推車的玩具偶
築在梔桿上的鳥鴉巢
1個蘋果樹形狀的書擋
1座足球門
5本紅色大書
坐在搖搖馬上的熊
拿著鐵鈸的玩具樂隊隊員
1名特技表演玩偶在空中讓兩張椅子保持平衡
5架木頭梯子
1隻披著紅白條紋圍巾的長頸鹿
抱著酒桶的海盜
一群爬上長圍巾的玩具偶
披著綠色圍巾的泰迪熊
2隻在木舟裡的長頸鹿
拿著紅色盤子的機器人

夜晚的光線戰爭

幾盞街燈
檸檬圖案的燈
1艘正在划槳的小船
站在章魚頭上的貓
月亮上的燈
1群表演雜耍的燈泡
1棟比羽毛還輕的房子
寫著「MONDAY」字樣的燈
1艘在釣魚的船
畫在旗子上的落地燈
聖誕樹燈
1名輕量級的拳擊手
掛在星星上的燈
隧道口的燈
在浴缸裡洗澡的妖怪
汽車船
走在木板條上的水手
1塊跳入水中的木板
燃燒的蠟燭正在走路
在床頭邊的燈
站在木筏上的深藍色字母C
1盞中國紙燈
看著遠方的探照燈
睡覺中的怪獸
1面鏡子
4個用望遠鏡看東西的水手

樂隊大對抗

橡膠人樂隊
寫著數字40的鋼琴
1個水管組成的樂隊
樂手和樂器一起玩耍
扇子做成的摩天輪
打著好幾袋電話的薩克斯風樂團
鋼鐵組成的樂隊
坐在鞦韆上的樂隊
印在床單上的樂譜
樂隊成員踢贏他們的鼓
石頭人樂隊
2個水壺形狀的鼓
有著嘴巴圖案的管風琴
拿著西塔琴的小小孩
身上背著各式樂器的一人樂隊
印有法國國旗顏色的法國號
形狀像酒桶的管風琴
幾支綁著蝴蝶結的小提琴琴弓
幾個搖滾樂隊員坐在石頭上吃熱狗堡
3個和短號下棋的樂手
拿著兩隻雞腿當鼓棒的鼓手
大象樂手抬著大行李箱
正在製作一套鼓具的樂隊成員
在泥土坑裡表演的交響樂隊
將風笛放進手提袋裡吹的風笛手
正在玩撲克牌卻被花豹樂手擮住眼睛的樂器

忙碌的蛋糕工廠

運送蛋糕的海灣
輸送帶
2個丹麥甜酥餅
1個薑餅人餅乾
2個吹著奶油號角的工人
滴出楓葉形狀的楓糖漿
3個又熱又生氣的十字圓麵包
1個穿著禮服的淑女在旋轉
1個瑞士人在滾動瑞士捲
1個蛋糕上有許多平底鍋
1個爆漿巧克力
1個拳擊手派在打拳擊
2個餡餅派
蘋果端著1個派
黑森林大蛋糕
1條魚端著魚蛋糕
敲擊石頭做成蛋糕
2組不同的螺帽
1個放在母鹿身上的螺帽
阿拉斯加雪橇犬準備載送烤布丁
端著蛋糕的仙子精靈
漂在河上的巧克力派
上下裝反的蛋糕盒
端著蛋糕的紅蘿蔔
茶壺形狀的蛋糕
海綿形狀的蛋糕
1名被裝進蛋糕盒裡的工人

汪汪的狗狗世界

狗形狀的餅乾
站在山上的狗
搧著扇子散熱的「熱狗」
一輛汪汪狗巴士
裝著狗的籃子
2個在游泳的旅行箱
正在照顧羊群的牧羊犬
身上戴著鐘的忠狗
坐在牛背上的鬥牛犬
體型巨大的大丹狗在跳水
守門的警衛狗
穿著溼西裝的狗
3件在游泳的泳衣
戴紅色項圈的狗
戴黃色項圈、藍色名牌的狗
戴藍色毛線球帽的狗
正在玩陀螺的狗
叼著臘腸的臘腸狗
戴藍色項圈、綠色名牌的狗
打扮得像汪汪的貓
小小狗的游泳池
一群用雙腳站立玩球的狗
穿蘇格蘭衣的狗
2隻在按摩中的狗
偵探牽著一路嗅探的偵探犬
22條紅白條紋的毛巾

★★★★★ 和星星面對面 ★★★★★

我們已經到達終點了，現在該要回到最開始的地方唷。
你們還記得這本書最前面兩頁有各種漂亮顏色的星星嗎？
你把左右兩頁對照看看，能夠找出10個不一樣的地方嗎？
還有，你能找出同樣都出現4次的星形和圓形嗎？

小丑的惡作劇

哈哈，一路跟著威利和他的朋友們走到最後一頁的
小丑真是太好笑了！
你們知道嗎，他在某個場景時，更換了他帽帶的顏色唷，
你能找出是在哪一個場景嗎？
他的帽帶又是換成了什麼顏色呢？